# Analyse de l'œuvre

Par Michel Dyer

# Chroniques martiennes

de Ray Bradbury

lePetitLittéraire.fr

# Analyse de l'œuvre

Par Michel Dyer

# Chroniques martiennes

de Ray Bradbury

lePetitLittéraire.fr

# Rendez-vous sur lepetitlitteraire.fr et découvrez :

Plus de 1200 analyses
Claires et synthétiques
Téléchargeables en 30 secondes
À imprimer chez soi

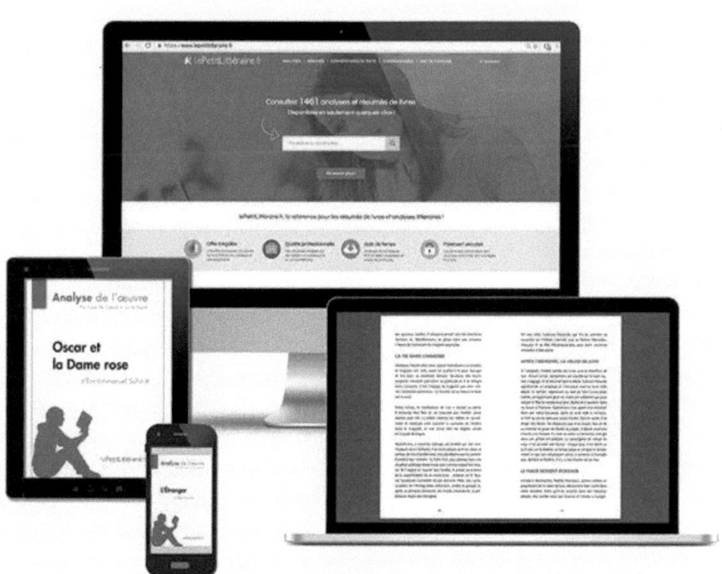

# RAY BRADBURY

## ÉCRIVAIN AMÉRICAIN

- **Né en 1920 à Waukegan, Illinois (États-Unis)**
- **Décédé en 2012 à Los Angeles (États-Unis)**
- **Quelques-unes de ses œuvres :**
  - *L'Homme illustré* (1951), recueil de nouvelles
  - *Farenheit 451* (1953), roman
  - *Théâtre pour demain... et après* (1972), pièce de théâtre

Auteur prolifique, Ray Bradbury publie dès l'âge de 18 ans de courts textes de science-fiction publiés dans des fanzines (publications indépendantes, souvent réalisées par des amateurs passionnés et destinées à d'autres passionnés – d'où le mot valise composé à partir de fan et de magazine. Les premiers apparaissent aux États-Unis dans les années 1930 et sont consacrés à la science-fiction). Influencé par Robert Heinlein (écrivain américain, 1907-1988), « doyen de la science-fiction américaine » et maitre de la nouvelle, il est la figure majeure du genre au cours des années 1950, aux côtés d'Isaac Asimov (écrivain américano-russe, 1920-1992).

Ses textes engagés et mélancoliques tranchent avec les tendances majeures de la science-fiction de son époque, que sont le sensationnalisme et le comique. Il atteint une renommée internationale avec *Fahrenheit 451*, aujourd'hui encore l'un des romans de science-fiction les plus connus au monde, aux côtés du *1984* de George Orwell (écrivain britannique, 1903-1950). Si sa carrière ne connait pas le même succès à partir des années 1960, il importe de noter qu'il est l'un des rares écrivains du genre à s'être aventuré du côté du théâtre et même de la poésie.

# CHRONIQUES MARTIENNES

## UN CLASSIQUE FONDATEUR DE LA SCIENCE-FICTION

- **Genre :** *fix-up* (ensemble de nouvelles agencées de telle sorte qu'elles se lisent ensemble, à la manière d'un roman)
- **Édition de référence** : *Chroniques martiennes*, traduit de l'américain par Jacques Chambon et Henri Robillot, Paris, Denoël, 2001, 318 p.
- **1<sup>re</sup> édition :** 1946 (première nouvelle), 1950 (première édition complète, renouvelée en 1977)
- **Thématiques :** anticipation, voyage spatial, guerre, colonialisme, extraterrestres

Les *Chroniques martiennes* sont composées d'une trentaine de nouvelles (leur nombre a varié selon les éditions ; dans celle de Denoël, on en compte 28) de longueurs très diverses, les plus courtes ne faisant guère plus d'une page, les plus longues dépassant les trente pages. Cette disparité s'explique par l'historique même du livre, qui est un *fix-up*, c'est-à-dire la création d'un roman à partir d'un ensemble de nouvelles ayant des thèmes proches.

Les nouvelles les plus longues ont ainsi toutes été publiées en magazine à l'origine, avant d'être remaniées pour s'inscrire dans l'économie globale du roman, tandis que les plus courtes ont été écrites plus tard, pour lier les nouvelles entre elles et créer de la cohérence. Le succès jamais démenti des *Chroniques martiennes*, qui raconte comment, en l'espace d'une demi-décennie, l'homme a colonisé puis abandonné Mars, a conduit à une réédition altérée en 1997 : à l'origine située entre 1999 et 2026, l'action du roman est repoussée de 31 ans dans le futur, pour éviter le problème dit du « futur désormais passé », non sans que cela conduise à quelques approximations chronologiques.

# RÉSUMÉ

Les *Chroniques martiennes* sont organisées en trois grandes parties, que l'on peut découper chronologiquement, puisque chaque nouvelle commence par une date sous la forme « mois + année ». De janvier 2030 (ou 1999 dans la version originale – pour des raisons de cohérence, nous nous réfèrerons aux dates de l'édition révisée) à août 2032, les expéditions de l'Homme sur Mars se soldent par des échecs : c'est l'impossible conquête. Puis, d'août 2032 à novembre 2036, c'est la terraformation de Mars, sa colonisation inexorable. Enfin, de novembre 2036 jusqu'à octobre 2057, c'est l'extinction de la race humaine suite à la guerre, et l'instauration de Mars, presque désertée, comme nouveau jardin d'Éden.

Les deux premiers mouvements sont donc étonnamment brusques : on voit une nouvelle expédition martienne échouer tous les six mois, puis l'Homme se répandre sur la planète entière en moins de cinq ans ; alors que le dernier mouvement comprend au contraire une ellipse de plus de vingt ans. L'ensemble ne constitue pas vraiment un roman à proprement parler, mais bien des chroniques. En effet, chaque chapitre, ou nouvelle, est autosuffisant, fermé sur lui-même, ne demande pas de suite et introduit des personnages qui ne seront (sauf exception) pas réutilisés. Il n'y a donc pas de schéma narratif dans les *Chroniques martiennes*, mais un sens historique certain – la suppression de la fiction-nalité assumée du roman confère au *fix-up* une plus grande consistance.

Les *Chroniques martiennes* s'ouvrent par une nouvelle étonnante, la première d'une série de Premiers Contacts ratés entre les explorateurs humains et les Martiens, les premiers finissant par trois fois tués par les seconds.

« Ylla » est la chronique d'une vie de couple : nous sommes en 2030, et Yll K. et Ylla K. sont un couple plus ou moins heureusement mariés – tout en sous-entendus, Ray Bradbury nous fait deviner, du point de vue à la fois suspicieux et naïf de l'épouse, les infidélités du mari. Ils ont « la peau cuivrée, les yeux pareils à des pièces d'or, la voix délicatement musicale des vrais Martiens » (page 22). La nouvelle fonctionne sur un procédé courant en science-fiction, mais très efficace : le renversement du point de vue. Les Martiens sont ici les êtres normaux, à la vie quotidienne familière, et les humains constituent les envahisseurs. Cette nouvelle est l'une des seules du roman à prendre pour personnages principaux des Martiens, mais elle a un effet actif sur les chapitres suivants : le lecteur prend parti pour les Martiens, montrés comme des êtres subtils et dans leur bon droit, quand l'homme agit en envahisseur sans vergogne – s'y ajoute un aspect ludique : le lecteur se surprenant à deviner comment l'expédition va échouer et voir le meurtre des humains par les Martiens.

Les huit premières nouvelles semblent d'ailleurs établir un schéma : comment l'homme, une fois arrivé sur Mars, voit sa tentative de colonisation réduite à néant. D'emblée, la diversité des tonalités frappe le lecteur : dans « Les hommes de la Terre », le sort de la Deuxième Expédition est traité de façon comique (on les prend pour fous, puisque les Martiens, par télépathie, peuvent imposer aux autres l'image de leur folie, en l'occurrence l'apparence humaine) ; celui de la Troisième, dans « La Troisième Expédition » alterne entre le mélancolique et l'horreur (les membres de l'expédition sont tués dans leur sommeil par des Martiens qui se font passer pour leurs proches décédés).

Mais brusquement, Ray Bradbury soustrait les Martiens de l'équation : ils meurent tous, ou presque, laissant leur planète vide. Le roman prend alors une tout autre tournure, et les nouvelles deviennent beaucoup plus hétérogènes. Il ne s'agit plus de variations autour du thème de l'homme trompé et tué par le Martien. On y rencontre un prêtre qui cherche à réadapter le christianisme à la vie extraterrestre, une femme prête à quitter tout son confort terrestre pour rejoindre son mari qui lui murmure le mot « amour » à travers l'espace intersidéral, mais également les dernières formes de vie martiennes, qui renvoient les hommes face à face avec leur solitude et leur tristesse.

Bradbury utilise Mars comme un immense laboratoire science-fictionnel pour aborder les problèmes raciaux (étonnante nouvelle où tous les Noirs quittent l'Amérique profonde et ségrégationniste pour l'Eldorado martien), la question du deuil ou encore celle de la censure, préfiguration dans le genre de l'horreur du thème de Fahrenheit 451. Il dresse un portrait global des effets qu'aurait une migration massive vers Mars, s'interrogeant sur ce qui pourrait pousser un être humain à partir si loin de chez lui – l'appât du gain, une retraite tranquille, la peur de la guerre, l'ennui…

Les dernières nouvelles introduisent un brusque changement thématique – la guerre sur Terre ne faisant qu'empirer, les colons décident unanimement de *rentrer* sur leur planète. Ce choix, qui n'apparait pas immédiatement comme logique au lecteur, est particulièrement bien retranscrit par Bradbury, qui s'est évertué tout au long du récit à souligner le fait que jamais les hommes ne pourraient se sentir chez eux sur Mars. La nostalgie de la Terre serait toujours insurmontable, et rien, en définitive, ne les attendait sur la planète rouge. Mieux vaut mourir chez soi que continuer à vivre sur une planète étrangère après l'extinction de son espèce. Les derniers êtres humains sur Mars sont d'ailleurs des oubliés, des retardataires, qui n'ont pas choisi de rester seuls et ne sortent pas indemnes de ce terrible abandon, rendus fous par la solitude.

Néanmoins, la toute dernière nouvelle présente une famille composée des deux parents et de trois jeunes fils parvenus de justesse à fuir la Terre pour atteindre Mars. Ce qui a été présenté aux enfants comme des « vacances » se révèle finalement comme la dernière chance de l'humanité, bientôt éteinte sur Terre. De nouvel Eldorado, Mars devient le nouveau jardin d'Éden.

# ÉTUDE DES PERSONNAGES

## LES MARTIENS

C'est évidemment l'une des curiosités d'un roman de science-fiction se déroulant sur Mars, l'un des critères sur lesquels le lecteur juge le livre : comment l'auteur a-t-il imaginé, donné forme, singularisé les Martiens ? Les *Chroniques martiennes*, par leur spécificité, offrent de multiples réponses, et finalement presque autant de visions du Martien type que de Martiens individualisés, avec des variations d'une nouvelle à l'autre. On peut néanmoins dégager certains traits qui se répètent : une peau cuivrée, des yeux d'or, une sorte de masque sur le visage et l'usage de la télépathie. Mais même ces spécificités récurrentes peuvent être mises à mal : dans la nouvelle « Rencontre nocturne », le personnage principal Tomás rencontre le fantôme d'un Martien (à moins que ce ne soit l'inverse...) qui parle « sa propre langue ». Ainsi, lors de leurs premiers échanges, « ils ne se comprirent point » (page 135), et il faut que le Martien touche la tête de Tomás pour apprendre, instantanément, sa langue. S'il y a bien ici un élément télépathique en jeu, on notera l'écart avec une rencontre analogue entre le capitaine Williams et la Martienne Mrs Ttt, au tout début de la nouvelle « Les hommes de la Terre » : « Comment se fait-il que vous parliez si parfaitement notre langue ? – Je ne parle pas, je pense. Télépathie ! »

Le lecteur est quelque peu désorienté : le Martien a-t-il alors, oui ou non, une langue ? Souvent, Bradbury le dépeint comme un être capable de modifier par sa seule pensée les perceptions sensitives des êtres qui l'entourent, jusqu'à l'être indéfinissable, pour toujours changeant, de la nouvelle « Le Martien », que chaque humain voit comme l'être cher qu'il voudrait voir. Mais parfois, le Martien est aussi un être très proche de l'homme, comme dans la nouvelle « Ylla » ou le couple martien ressemble en tous points au couple new-yorkais typique du milieu du XX$^e$ siècle. Il existe aussi d'ailleurs d'autres races martiennes, comme ces boules lumineuses qui sauvent la vie des hommes en danger et se présentent comme des êtres évolués dans la nouvelle « Les ballons de feu ». On le voit, Bradbury ne cherche pas à créer un Martien type qui reviendrait de nouvelle en nouvelle, mais en dresse un portrait comme mythologique, forgeant un être légendaire, aux contours brouillés, toujours mystérieux aux hommes, insaisissable et incompréhensible.

## LES HOMMES

Pour l'écrasante majorité, les personnages humains n'apparaissent que l'espace d'une nouvelle. Certains sont toutefois récurrents, ou pour le moins évoqués dans une autre nouvelle. Il s'agit du capitaine Wilder, de Jeff Spender, de Hathaway et de Sam Parkhill, tous membres de la Quatrième Expédition, que l'on suit dans la nouvelle « ... Et la lune qui luit », vrai point nodal du roman. D'autres, comme William Stendhal (dans la nouvelle « Usher II ») ou le Père Peregrine (dans la nouvelle « Les ballons de feu ») sont simplement plus marquants.

## LE CAPITAINE WILDER

Personnage central de la nouvelle « ... Et la lune qui luit », il est le capitaine de la Quatrième

Expédition, celle qui trouvera Mars vidée de ses habitants, décimés par les maladies terrestres amenées par les expéditions précédentes. Personnage sensible, mais déterminé, il se résout à abattre Spender pour le bien supérieur de la mission d'exploration, bien qu'il ne soit pas en désaccord sur le fond avec ses idées. On le retrouve vingt-cinq ans et deux cents pages plus loin dans la nouvelle « Les longues années » : de retour d'expéditions infructueuses sur Jupiter, Saturne et Pluton, il trouve à nouveau la planète vide de ses habitants, les hommes étant repartis mourir sur Terre. Il croise l'un des derniers survivants, Hathaway, l'un des membres de la Quatrième Expédition, qui meurt dans ses bras. Encore une fois, il fait preuve d'une très grande compréhension pour les actes de son ancien officier.

## JEFF SPENDER

Membre de la Quatrième Expédition, il se distingue des autres par son admiration sans borne pour Mars et les Martiens : il tombe notamment en pâmoison devant une cité abandonnée. Cultivé et sensible (il cite un poème de

Lord Byron, poète britannique du XIXᵉ siècle), mais aussi misanthrope, il est facile d'y voir un alter ego de l'auteur. Après une disparition sous forme de quête spirituelle, il décide de venger les Martiens et de tuer ceux qui profanent leur monde – c'est-à-dire ses anciens compagnons d'exploration. Il planifie de piéger et tuer tous les futurs aventuriers, renouant ainsi sans le savoir avec le schéma qu'instaurent les premières nouvelles : les Hommes arrivent, les Martiens les tuent. Cependant, seul contre tous, il finit par être tué par son capitaine, Wilder, malgré leur amitié. Sa philosophie, que Wilder promet de défendre, sera néanmoins perdue quand on apprendra que Wilder a été éloigné de Mars pour raisons politiques.

## HATHAWAY

Médecin-géologue de la Quatrième Expédition, c'est lui qui décrète la mort de tous les Martiens pour cause de varicelle. Il devient le personnage central de la nouvelle « Les longues années ». Isolé pendant près de vingt ans, il a survécu à sa famille, décimée par la maladie (ironie tragique ?). Pour surmonter sa solitude, il a construit des androïdes leur ressemblant en tous points, mais sans parvenir à les faire vieillir. Lorsqu'il meurt, le capitaine Wilder décide de ne pas désactiver les androïdes, leur reconnaissant une vie propre.

## SAM PARKHILL

Autre membre de la Quatrième Expédition, il est très vindicatif à l'encontre de Spender. Selon ce dernier, il concentre tous les défauts de l'Américain. Dans la nouvelle « Morte-saison », il est le récipiendaire de l'acte de propriété de Mars, que lui remettent les derniers Martiens. Sans comprendre que cet acte de propriété est un cadeau tristement ironique, puisque les Martiens savent la Terre condamnée, Parkhill en bondit d'allégresse, imaginant la fortune qu'il pourra amasser en installant des stands à hot dogs et faisant ainsi tristement écho aux mots de Spender (« Si nous n'avons pas installé des marchands de hot dogs au milieu du temple de Karnak, c'est uniquement parce qu'il n'offrait pas de perspectives assez lucratives », page 96). Cependant, comme c'est le cas de tous ses personnages, Bradbury ne le condamne pas totalement, et Parkhill comme les autres rentre sur Terre quand la menace de la fin de l'humanité devient tangible.

## WILLIAM STENDHAL

C'est un amoureux de littérature fortuné qui a fui sur Mars pour échapper à la censure, « l'imposition des noms » qui sévit sur Terre, c'est-à-dire la censure du vocabulaire pour l'expurger des mots controversés, comme « politique » ou « évasion ». Mais sachant que la censure le suivrait sur Mars, il prépare sa vengeance en faisant reproduire la Maison Usher, de la nouvelle éponyme d'Edgar Allan Poe (écrivain américain, 1809-1849). Assisté par le mécanicien génial Pikes, il construit des automates tueurs et une maison piégée pour décimer l'élite de la « Société pour la Répression de l'Imaginaire ». Bradbury mentionne une première fois la thématique qu'il reprendra, sur un ton bien plus mélancolique et pessimiste, dans son chef-d'œuvre Fahrenheit 451.

## LE PÈRE PEREGRINE

C'est un pasteur qui désire ardemment aller sur Mars pour y découvrir de nouvelles formes de péché, des « péchés sur un autre monde » (p. 146).

Présenté comme un homme d'Église peu conventionnel et même excentrique, mis en doute par ses pairs, il se détourne des colons pour s'occuper de l'âme des Martiens, bien qu'on l'informe qu'ils sont en voie d'extinction. Il finit tout de même par en découvrir : des êtres en forme de « ballons de feu » qui sauvent les hommes en situation de détresse. Avec ses compagnons, il leur construit une église avec un Christ en forme de ballon. Toutefois, les Martiens reviennent le voir pour lui annoncer qu'ayant surpassé leur condition matérielle, ils se sont affranchis du péché. Le père Peregrine est un personnage complexe, par le biais duquel Bradbury critique la religion et le mysticisme tout en leur reconnaissant certaines vertus. Le personnage est notamment mis en valeur pour sa foi inébranlable et sa capacité à croire, très proches de celle de l'amateur de science-fiction.

# CLÉS DE LECTURE

## LA SCIENCE-FICTION COMME GENRE LITTÉRAIRE TOTAL

Quand les *Chroniques martiennes* sont publiées, en 1950, la science-fiction est en plein âge d'or commercial aux États-Unis : c'est l'essor des fanzines. Cependant, les premiers chefs-d'œuvre du genre sont encore assez isolés, et leurs auteurs ne sont pas américains : citons *Le Meilleur des mondes (1931)*, d'Aldous Huxley (écrivain britannique, 1894-1963), *Le Monde des Ā (1945)* d'A.E. van Vogt (écrivain canadien, 1912-2000) ou encore *1984* (1948) de George Orwell. En ce sens, l'année 1950 est une date majeure dans l'histoire de la science-fiction : elle voit la publication des *Robots* d'Isaac Asimov et des *Chroniques martiennes* de Ray Bradbury, qui se distinguent par leur forme de *fix-up* et leur façon fondatrice de faire de la science-fiction. Dans un univers déjà très codifié, mais pas encore reconnu comme tel (notons ainsi que les romans d'Orwell et Huxley réfutent l'étiquette « science-fiction » et sont, encore aujourd'hui, souvent publiés dans des collections de littérature générale), Asimov et Bradbury posent des bases qui influencent toute une génération d'auteurs.

Comme tout lecteur de science-fiction, le lecteur des *Chroniques martiennes* doit procéder à des ajustements de nature encyclopédique, c'est-à-dire repérer dans le texte les indices qui lui permettent de construire un système de fonctionnement pour le monde fictionnel présenté par l'auteur. Pour le lecteur d'aujourd'hui encore plus que pour celui de 1950, cet ajustement prend la forme d'un jeu rétroactif qui s'inscrit dans l'architexte générique de la science-fiction : chaque lecteur lit en étant armé des imageries associées à Mars et la colonisation de la planète rouge qu'il a déjà rencontrées, de *La Guerre des mondes* (1898) d'H.G. Wells (écrivain américain, 1866-1946)) au film de Tim Burton (réalisateur américain, né en 1958), *Mars Attacks !* (1996).

Il s'agit de reconstituer petit à petit, aidé par le texte, une vision spécifique de Mars et du futur imaginé par Bradbury, au goût délicieusement suranné. L'anticipation et le voyage spatial sont ainsi deux des sous-genres de la science-fiction qui se prêtent le mieux au travail encyclopédique du lecteur. Une des spécificités des *Chroniques martiennes*, comme nous l'avons vu avec la cohabitation de données différentes voire contradictoires sur les Martiens, est de bouleverser plusieurs fois, en son sein même, cette encyclopédie en cours de constitution.

### L'ARCHITEXTE

Ce concept littéraire a été proposé par Gérard Genette (critique littéraire français, 1930-2018). L'architextualité est l'une des cinq formes de transtextualité qu'il développe dans son ouvrage *Palimpsestes* (1982) avec l'intertextualité (présence d'un texte dans un autre, notamment par la citation), la paratextualité (tout ce qui est autour du texte, comme les notes), la métatextualité (quand un texte en commente un autre) et l'hypertextualité (quand un texte en parodie ou copie un autre). L'architextualité est le rapport qu'entretient un texte avec son genre et ses conventions, c'est-à-dire tout ce qui fait qu'il peut être perçu comme faisant partie d'un genre littéraire – dans le cas présent, le seul fait que l'action se situe sur Mars suffirait à faire des *Chroniques martiennes* une œuvre de science-fiction.

Un aspect foncièrement neuf de la science-fiction des *Chroniques martiennes* est le mélange des genres : peinture des mœurs, conte horrifique, pamphlet social, micro nouvelles... Mais à l'intérieur même de ce mélange de genres se cache un mélange des sous-genres science-fictionnels : le voyage spatial et la rencontre avec une intelligence extraterrestre, bien sûr, mais aussi les robots et la dystopie ; Ray Bradbury touche à tout, aidé en cela par la forme même du *fix-up*. Les différentes nouvelles étant à l'origine indépendantes, elles ne sont pas reliées entre elles par une quelconque unité de ton, de thèmes ou de genre. Ainsi, les motifs de la science-fiction ne sont souvent qu'un arrière-plan, un prétexte, une façon d'introduire certaines thématiques, et si l'action ne se déroulait pas sur Mars dans les années 2030, le texte n'aurait plus grand rapport avec l'idée qu'on se fait du genre.

Ce serait pourtant perdre de vue que la science-fiction est avant tout un extraordinaire instrument narratif, plus que contextuel. Par l'introduction d'une situation de type « et si », le romancier ouvre grand les portes du possible. Ainsi, le deuil dans les nouvelles « Le Martien » et « Les longues années » est traité selon un procédé typiquement science-fictionnel – l'auteur introduit un changement paradigmatique (s'il existait une forme de vie capable d'imiter à la perfection, voire trop parfaitement, un être disparu) et interroge ensuite ses conséquences, jetant ainsi une lumière nouvelle sur le sujet.

Est-il préférable de vivre seul avec le souvenir de l'être aimé ou avec un ersatz qu'on sait être une supercherie, mais à l'illusion si parfaite qu'on a envie de l'oublier ? À première vue, le lecteur peut rejeter cette question, abstraite et sans lien apparent avec le réel, puisqu'il n'est pas concerné et ne le sera sans doute jamais.

Cependant, la validité littéraire du procédé semble indéniable, et l'interrogation par le biais d'un angle nouveau, bien que théorique, fournit des résultats. C'est par exemple en extrapolant au-delà du concevable le thème du regroupement familial que Bradbury réfléchit le mieux sur l'amour conjugal – y a-t-il foncièrement une différence entre une femme qui quitte le foyer familial pour aller vivre avec son époux et cette même femme qui quitte sa planète ? Finalement, la science-fiction est un outil narratif facilement supprimable – on pourrait transposer les *Chroniques martiennes* dans le temps et dans l'espace – par exemple en Amérique au début du XIX$^e$ siècle...

## UNE RELECTURE ACERBE DE LA COLONISATION DE L'AMÉRIQUE

Ray Bradbury s'en cache à peine et il l'explicite même à plusieurs moments : les *Chroniques martiennes* ne racontent pas comment l'homme est arrivé sur Mars, mais comment l'Américain est arrivé sur Mars :

> « Les fusées étaient américaines, les hommes étaient américains, et les choses en restèrent là, tandis que l'Europe, l'Asie, l'Amérique du Sud, l'Australie et les îles regardaient les chandelles romaines partir sans eux. [...] Les seconds émigrants furent encore des Américains » (page 143).

Tout au fil des nouvelles, on retrouve une comparaison entre le monde martien et les vastes plaines américaines, entre les Martiens et les Indiens d'Amérique, entre les colons de la Terre et ceux venus installer leur mode de vie européen sur le continent américain. L'expression « Nouveau Monde » est ici réactualisée littéralement par Bradbury.

La nouvelle « ... Et la lune qui luit » est en ce sens l'une des plus remarquables des *Chroniques*. Elle met en scène un explorateur, Spender, qui, frappé par la beauté de Mars et de ses villes abandonnées, décide de tuer tous les autres explorateurs pour protéger à jamais la planète des ravages qu'y causerait l'humanité, et plus particulièrement les Américains.

> « Quand j'étais gosse, mes parents m'ont emmené visiter Mexico. Je me souviendrai toujours de l'attitude de mon père – tapageuse, fanfaronnante. Et ma mère n'aimait pas les habitants parce qu'ils étaient basanés [...] Et je vois d'ici mon père et ma mère débarquant sur Mars et se conduisant de la même façon » (page 109).

La charge est cinglante, sans demi-mesure, et l'on peut facilement la rapprocher d'autres critiques, comme celle, plus sous-jacente, de l'*American way of life*, parodié dans la description du couple martien de la nouvelle « Ylla », ou celle, plus ironique, de l'inculture bureaucratique qui censure par peur de l'inconnu, et interdit les livres d'Edgar Allan Poe sans même les avoir jamais lus (dans la nouvelle « Usher II »).

Dans la même nouvelle « ... Et la lune qui luit », Bradbury explicite également son point de vue sur la question des Martiens, par la voix du personnage de Cheroke :

> « J'ai du sang cherokee dans les veines. Mon grand-père m'a raconté des tas de choses sur l'Oklahoma et le territoire indien. S'il y a un Martien dans le coin, je suis à fond pour lui » (page 103).

Bradbury n'hésite pas à critiquer les fondements mêmes de la nation américaine, et donc l'identité nationale de son lectorat principal, en exposant la question du génocide. Morts de la varicelle, innocemment apportée par les explorateurs précédents, les Martiens ont presque disparu de la surface de leur planète, laissant ainsi libre champ à l'arrivée massive d'immigrants, comparés à des sauterelles. En définitive, le roman décrit une véritable transposition, de l'Amérique à Mars, sans ajustements :

> « Par bien des côtés, on aurait pu croire qu'un énorme tremblement de terre avait déraciné une ville de l'Iowa, et qu'en un instant, un cyclone aux dimensions du pays d'Oz l'avait transportée telle quelle jusqu'à Mars pour l'y déposer sans une secousse » (page 170).

Mars est cependant également considérée comme une possible solution pour régler les problèmes de l'homme sur Terre, et plus précisément celui de la ségrégation, dans la nouvelle « Tout là-haut dans le ciel ». Cette nouvelle, centrée sur le personnage du quincailler Sam Teece, au langage révoltant (« cet idiot de négro », page 188, ou « tuer ce fils de garce », page 202), raconte donc du point de vue d'un homme blanc raciste le départ pour Mars des Noirs du sud des États-Unis.

L'ironie de la nouvelle se situe bien sûr dans le désespoir de l'homme blanc, incapable de ne pas éprouver à la fois de l'envie et du ressentiment devant cet exil – selon lui, la population noire ne devrait pas pouvoir partir sans son autorisation, et Mars devrait rester une promesse faite aux hommes comme lui.

L'attitude pathétique de Teece, prêt à toutes les mesquineries pour empêcher ce départ (allant jusqu'à invoquer une dette de cinquante dollars et un contrat se terminant dans un mois) permet de bien cerner la posture ambivalente de l'Amérique vis-à-vis des Noirs au tournant des années 1950 – s'ils les traitent brutalement, ils ne peuvent s'en passer. Le discours de Bradbury est clair, et là encore, cinglant. Ici, Mars ne sert plus de miroir pour éclairer l'attitude colonisatrice insupportable des Américains, mais reflète l'état malsain de leur société au moment de la parution du roman. La charge historique se mue en critique sociale.

Tout n'est pas cependant négatif dans le rapport qu'établit Bradbury avec l'Amérique, et se dégage également du roman une vraie mélancolie de la terre natale. Celle-ci se déploie dans la nouvelle « La Troisième Expédition », quand les explorateurs ont la surprise d'arriver sur Mars dans un hameau de l'Illinois du milieu du XXe siècle et y retrouvent tous leurs proches disparus. Mais finalement, la profonde mélancolie du roman se trouve dans sa résolution – quand ces Américains grossiers, qui n'ont fait qu'enlaidir Mars, préfèrent rentrer mourir sur Terre, avec leurs semblables, plutôt que de continuer à vivre sans eux, faisant ainsi preuve, in fine, d'une humanité aussi profonde qu'inattendue.

## UN ROMAN PACIFISTE ET HUMANISTE

Les *Chroniques martiennes* présentent une vision pessimiste, presque fataliste du futur – publiées à la sortie de la Seconde Guerre mondiale, les nouvelles évoquent de loin en loin les guerres interminables sur Terre, et l'éclatement en novembre 2036, d'une guerre totale, finale, au point que la planète s'embrase dans le ciel étoilé de Mars : « Continent australien atomisé. Los Angeles, Londres bombardés. Guerre » (page 267).

Mars tient dans cette optique un double rôle symbolique : la possibilité de la fuite et du nouveau départ d'une part ; l'exemple d'une société qui a réussi d'autre part. La première possibilité semble d'abord réduite à néant lorsque les colons, encore trop récemment arrivés, décident de rentrer sur Terre rejoindre l'humanité en péril, mais est finalement activée pleinement dans la dernière nouvelle, « Pique-nique dans un million d'années », lorsqu'une famille parvient à fuir la Terre et à rejoindre Mars dans l'espoir de fonder une nouvelle humanité, de lui donner une deuxième chance. Il s'agit là d'un vrai topos science-fictionnel, aboutissement préparé par la succession des nouvelles qui soulignent, en creux, comment la colonisation ratée constitue un gâchis des possibilités offertes par la planète.

Plus intéressante est la volonté de Bradbury d'évoquer, par touches sporadiques, la société martienne comme modèle à suivre – tout d'abord dans un souci d'opposition avec le colon américain, mais finalement (encore une fois), comme objectif à atteindre par la nouvelle humanité, dans un magnifique mouvement qui fait des derniers survivants de la Terre les premiers Martiens :

> « – J'ai toujours voulu voir un Martien, dit Michael. Où ils sont, p'pa ? Tu avais promis. – Les voilà, dit papa. Il hissa Michael sur son épaule et pointa un doigt vers le bas. Les Martiens étaient là. Timothy se mit à frissonner. Les Martiens étaient là – dans le canal – réfléchis dans l'eau. Timothy, Michael, Robert, papa et maman. Les Martiens leur retournèrent leurs regards durant un long, long moment de silence dans les rides de l'eau... » (page 318, excipit du roman).

Ces dernières lignes concrétisent une tension qui traverse toutes les nouvelles, entre l'Homme qui échoue dans son rapport au monde et le Martien qui est parvenu à un équilibre avec son environnement – autrement dit entre l'Homme réel et l'Homme tel qu'il devrait être selon Bradbury, l'Homme réel, attachant, détestable, plein de défauts, et l'Homme idéal, impossible.

« Ils savaient associer l'art à la vie. Pour les Américains, ça a toujours été une chose à part. Quelque chose qu'on relègue dans la chambre du haut, celle de l'idiot de la famille. Dont on prend une dose le dimanche, avec éventuellement un petit coup de religion. Chez les Martiens, tout coexiste, art, religion et le reste » (page 109), clame Spender. « Jadis nous étions des hommes pourvus comme vous d'un corps, de jambes et de bras. Selon la légende, l'un de nous, un homme de bien, a découvert un moyen de libérer l'âme et l'intelligence humaines, de nous libérer des maux physiques et de la mélancolie, de la mort et des changements, de la mauvaise humeur et de la sénilité » (page 167), expliquent les ballons de feu que le père Pérégrine voudrait libérer du péché. Bradbury défend donc une autre vision du monde, de l'homme – il ne fait pas que critiquer, il propose une alternative.

Cette peinture humaniste par le biais des Martiens et des quelques personnages qui les comprennent, Ray Bradbury l'étend à la planète, à la beauté des paysages et des villes abandonnées, décrites avec retenue et poésie, laissant le lecteur à son imagination. L'auteur adopte également une parole écologiste très en avance sur son temps, mettant en opposition la Terre des usines et une Mars prodigieusement fertile. Le discours de Spender (« Nous autres Terriens avons le don d'abîmer les belles choses », page 96, ou encore « Ne leur suffit-il pas d'avoir détruit une planète ? Leur faut-il aussi polluer la mangeoire des autres ? Pauvres baudruches sans cervelle », page 110) est ainsi à lire en parallèle avec la nouvelle « Le matin vert », où des milliers d'arbres poussent en une nuit, « nourris par un sol étranger et magique » (page 128). Si l'homme individuel peut accomplir le bien, l'humanité en tant qu'espèce ne peut être qu'un poison pour son environnement, à l'image du personnage de Sam Parkhill dans la nouvelle « Morte-saison », archétype de l'égoïste autocentré qui ne voit autour de lui que des moyens d'améliorer sa propre situation.

# PISTES DE RÉFLEXION

## QUELQUES QUESTIONS POUR APPROFONDIR SA RÉFLEXION...

- Le texte semble dépourvu de toute réflexion scientifique sur la faisabilité du voyage spatial jusqu'à Mars et la possibilité de la vie extraterrestre. Quel effet esthétique cela crée-t-il ?
- Lors de leur parution originale, les nouvelles situaient l'action entre 1999 et 2026. La réédition de 1997 a repoussé ses dates de plus de trente ans dans le futur. Pourquoi ? Le lecteur croit-il réellement, en 1950 comme aujourd'hui, que le futur du roman est un futur possible ?
- Bradbury adopte volontiers un ton virulent – contre le racisme, la censure, la religion ou le sexisme. Quelles nouvelles vous semblent les plus efficaces pour traiter de tels sujets ?
- Pouvez-vous aisément distinguer les nouvelles originales, publiées séparément, des textes écrits spécialement pour le roman ? Comment ?
- Bradbury s'exclame dans sa préface : « Ne me dites pas ce que je fais ; je ne veux pas le

savoir ! » Comment cette citation peut-elle accompagner votre lecture du roman ?

- Plusieurs fois dans les *Chroniques martiennes*, le lecteur se trouve en position de s'identifier à des personnages meurtriers. Lesquels ? Par quels effets Bradbury y parvient-il ?
- Si la plupart des nouvelles ont une fin en bonne et due forme, quelques-unes semblent demander une suite, qui ne sera jamais donnée, ou de façon lapidaire. Quelle nouvelle souhaiteriez-vous continuer ? Imaginez.
- En parlant des *Chroniques martiennes*, Bradbury affirme qu'il ne s'agit pas de science-fiction, mais compare plutôt son texte aux mythes grecs. Que veut-il dire par là ?

*Votre avis nous intéresse !*
*Laissez un commentaire sur le site de votre librairie en ligne*
*et partagez vos coups de cœur sur les réseaux sociaux !*

# POUR ALLER PLUS LOIN

## ÉDITION DE RÉFÉRENCE

- *Chroniques martiennes*, traduit de l'américain par Jacques Chambon et Henri Robillot, Paris, Denoël, 2001, 318 p.

## ÉTUDES DE RÉFÉRENCE

- SAINT-GELAIS, R., *L'Empire du pseudo*, Québec, Les Éditions Nota bene, 1999, 400 p.

## SOURCES COMPLÉMENTAIRES

- BRADBURY, R., *Fahrenheit 451*, traduit de l'américain par Jacques Chambon et Henri Robillot, Paris, Denoël, 1995, 288 p.
- ASIMOV, I., *Fondation*, traduit de l'américain par Jean Rosenthal, Paris, Denoël, 1966, 251 p.

## ADAPTATIONS

- En 1966, le roman est adapté pour le théâtre par le metteur en scène Louis Pauwels, avec notamment Jean-Louis Barrault.

- En 1974, un téléfilm français réalisé par Renée Kammerscheit est tiré de l'adaptation de Louis Pauwels.
- En 1980, le roman a été adapté sous la forme d'un téléfilm en trois parties, réalisé par Michael Anderson sur un scénario de Richard Matheson (grand nom de la science-fiction américaine, célèbre notamment pour *Je suis une légende*, 1954, et *L'Homme qui rétrécit*, 1956), avec notamment Rock Hudson.
- De très nombreuses nouvelles ont été adaptées séparément pour la télévision ou pour des courts métrages, ainsi que pour d'autres médias, comme la bande dessinée.

## SUR LEPETITLITTÉRAIRE.FR

- Fiche de lecture sur *Fahrenheit 451* de Ray Bradbury.

# Retrouvez notre offre complète sur lePetitLittéraire.fr

- des fiches de lectures
- des commentaires littéraires
- des questionnaires de lecture
- des résumés

---

**ANOUILH**
- Antigone

**AUSTEN**
- Orgueil et Préjugés

**BALZAC**
- Eugénie Grandet
- Le Père Goriot
- Illusions perdues

**BARJAVEL**
- La Nuit des temps

**BEAUMARCHAIS**
- Le Mariage de Figaro

**BECKETT**
- En attendant Godot

**BRETON**
- Nadja

**CAMUS**
- La Peste
- Les Justes
- L'Étranger

**CARRÈRE**
- Limonov

**CÉLINE**
- Voyage au bout de la nuit

**CERVANTÈS**
- Don Quichotte de la Manche

**CHATEAUBRIAND**
- Mémoires d'outre-tombe

**CHODERLOS DE LACLOS**
- Les Liaisons dangereuses

**CHRÉTIEN DE TROYES**
- Yvain ou le Chevalier au lion

**CHRISTIE**
- Dix Petits Nègres

**CLAUDEL**
- La Petite Fille de Monsieur Linh
- Le Rapport de Brodeck

**COELHO**
- L'Alchimiste

**CONAN DOYLE**
- Le Chien des Baskerville

**DAI SIJIE**
- Balzac et la Petite Tailleuse chinoise

**DE GAULLE**
- Mémoires de guerre III. Le Salut. 1944-1946

**DE VIGAN**
- No et moi

**DICKER**
- La Vérité sur l'affaire Harry Quebert

**DIDEROT**
- Supplément au Voyage de Bougainville

**DUMAS**
- Les Trois
  Mousquetaires

**ÉNARD**
- Parlez-leur
  de batailles,
  de rois et
  d'éléphants

**FERRARI**
- Le Sermon sur la
  chute de Rome

**FLAUBERT**
- Madame Bovary

**FRANK**
- Journal
  d'Anne Frank

**FRED VARGAS**
- Pars vite et
  reviens tard

**GARY**
- La Vie devant soi

**GAUDÉ**
- La Mort du
  roi Tsongor
- Le Soleil des
  Scorta

**GAUTIER**
- La Morte
  amoureuse
- Le Capitaine
  Fracasse

**GAVALDA**
- 35 kilos d'espoir

**GIDE**
- Les
  Faux-Monnayeurs

**GIONO**
- Le Grand
  Troupeau
- Le Hussard
  sur le toit

**GIRAUDOUX**
- La guerre de
  Troie
  n'aura pas lieu

**GOLDING**
- Sa Majesté des
  Mouches

**GRIMBERT**
- Un secret

**HEMINGWAY**
- Le Vieil Homme
  et la Mer

**HESSEL**
- Indignez-vous !

**HOMÈRE**
- L'Odyssée

**HUGO**
- Le Dernier Jour
  d'un condamné
- Les Misérables
- Notre-Dame
  de Paris

**HUXLEY**
- Le Meilleur
  des mondes

**IONESCO**
- Rhinocéros
- La Cantatrice
  chauve

**JARY**
- Ubu roi

**JENNI**
- L'Art français
  de la guerre

**JOFFO**
- Un sac de billes

**KAFKA**
- La Métamorphose

**KEROUAC**
- Sur la route

**KESSEL**
- Le Lion

**LARSSON**
- Millenium 1. Les
  hommes qui
  n'aimaient pas
  les femmes

**LE CLÉZIO**
- Mondo

**LEVI**
- Si c'est un
  homme

**LEVY**
- Et si c'était vrai…

**MAALOUF**
- Léon l'Africain

**Malraux**
- La Condition humaine

**Marivaux**
- La Double Inconstance
- Le Jeu de l'amour et du hasard

**Martinez**
- Du domaine des murmures

**Maupassant**
- Boule de suif
- Le Horla
- Une vie

**Mauriac**
- Le Nœud de vipères

**Mauriac**
- Le Sagouin

**Mérimée**
- Tamango
- Colomba

**Merle**
- La mort est mon métier

**Molière**
- Le Misanthrope
- L'Avare
- Le Bourgeois gentilhomme

**Montaigne**
- Essais

**Morpurgo**
- Le Roi Arthur

**Musset**
- Lorenzaccio

**Musso**
- Que serais-je sans toi ?

**Nothomb**
- Stupeur et Tremblements

**Orwell**
- La Ferme des animaux
- 1984

**Pagnol**
- La Gloire de mon père

**Pancol**
- Les Yeux jaunes des crocodiles

**Pascal**
- Pensées

**Pennac**
- Au bonheur des ogres

**Poe**
- La Chute de la maison Usher

**Proust**
- Du côté de chez Swann

**Queneau**
- Zazie dans le métro

**Quignard**
- Tous les matins du monde

**Rabelais**
- Gargantua

**Racine**
- Andromaque
- Britannicus
- Phèdre

**Rousseau**
- Confessions

**Rostand**
- Cyrano de Bergerac

**Rowling**
- Harry Potter à l'école des sorciers

**Saint-Exupéry**
- Le Petit Prince
- Vol de nuit

**Sartre**
- Huis clos
- La Nausée
- Les Mouches

**Schlink**
- Le Liseur

**SCHMITT**
- La Part de l'autre
- Oscar et la Dame rose

**SEPULVEDA**
- Le Vieux qui lisait des romans d'amour

**SHAKESPEARE**
- Roméo et Juliette

**SIMENON**
- Le Chien jaune

**STEEMAN**
- L'Assassin habite au 21

**STEINBECK**
- Des souris et des hommes

**STENDHAL**
- Le Rouge et le Noir

**STEVENSON**
- L'Île au trésor

**SÜSKIND**
- Le Parfum

**TOLSTOÏ**
- Anna Karénine

**TOURNIER**
- Vendredi ou la Vie sauvage

**TOUSSAINT**
- Fuir

**UHLMAN**
- L'Ami retrouvé

**VERNE**
- Le Tour du monde en 80 jours
- Vingt mille lieues sous les mers
- Voyage au centre de la terre

**VIAN**
- L'Écume des jours

**VOLTAIRE**
- Candide

**WELLS**
- La Guerre des mondes

**YOURCENAR**
- Mémoires d'Hadrien

**ZOLA**
- Au bonheur des dames
- L'Assommoir
- Germinal

**ZWEIG**
- Le Joueur d'échecs

www.lepetitlitteraire.fr

ISBN version numérique : 9782808014823
ISBN version papier : 9782808014830
Dépôt légal : D/2018/12603/501

Conception numérique : Primento,
le partenaire numérique des éditeurs.

Ce titre a été réalisé avec le soutien de la Fédération Wallonie-Bruxelles, Service général des Lettres et du Livre.